ÉTUDE POÉTIQUE

SUR LES

LIBRES PENSEURS.

Quand j'observe nos mœurs, nos goûts, nos habitudes,
Souvent, le cœur ému d'affligeantes études,
Sur le mal que je vois j'écris ce que je sens;
Le vers n'est dans mes mains que l'arme du bon sens,
Mais, défendant son Dieu qu'on ne ménage guère,
Le poète indigné, qui rend guerre pour guerre,
Même contre Maman doit modérer ses coups :
On punit les agneaux quand ils mordent les loups;
Ne nous en plaignons pas : pour repousser l'injure
Nous pouvons être forts sans manquer de mesure.

(*Ancienne Épître à Boileau.*)

BESANÇON,

J. JACQUIN, IMPRIMEUR-LIBRAIRE,

Grande-Rue, 14, à la Vieille-Intendance.

—

1864.

ÉTUDE POÉTIQUE

SUR LES

LIBRES PENSEURS.

Quand j'observe nos mœurs, nos goûts, nos habitudes,
Souvent, le cœur ému d'affligeantes études,
Sur le mal que je vois j'écris ce que je sens ;
Le vers n'est dans mes mains que l'arme du bon sens,
Mais, défendant son Dieu qu'on ne ménage guère,
Le poëte indigné, qui rend guerre pour guerre,
Même contre Mathan doit modérer ses coups :
On punit les agneaux quand ils mordent les loups ;
Ne nous en plaignons pas : pour repousser l'injure
Nous pouvons être forts sans manquer de mesure.

(Ancienne Epître à Boileau.)

BESANÇON,

IMPRIMERIE ET LITHOGRAPHIE DE J. JACQUIN,

Grande-Rue, 14, à la Vieille-Intendance.

1864.

ÉTUDE POÉTIQUE

SUR

LES LIBRES PENSEURS.

Plein d'ardeur au travail, rare et beau privilége,

Théophile a brillé sur les bancs du collége ;

Il fait bien les discours, les dissertations,

Et d'un style correct écrit ses versions ;

Pour lui la poésie est toujours lettre close,

Mais il est, en revanche, assez fort sur la prose

Et digne des honneurs du baccalauréat.

Le moment est venu de choisir un état.

Rêvant au fond du cœur la fortune et la gloire

— Après tant de succès comment ne pas y croire ? —

Il se flatte déjà de triomphes certains,

Et, pressé de courir à ses brillants destins,

Veut illustrer son nom dans la littérature.

Le bouillant bachelier comptait sans la nature :

Pour trouver un sujet, pour donner du nouveau,

Vainement nuit et jour fatiguant son cerveau,

Dans un tel dénûment, lui, cet homme de style,

Saurait se contenter d'un simple vaudeville,

Du drame le plus noir, du plus humble roman.

Comme il serait heureux de prendre son élan !

L'y voilà..... pas encor...... non, rien, l'idée absente

Arrête dans sa main sa plume frémissante.

Il reconnaît, hélas ! à bout d'invention,

Qu'il manque tout à fait d'imagination ;

Sa tête est un moulin qui tourne sans rien moudre.

A demeurer obscur va-t-il donc se résoudre ?

Va-t-il, courbant son front sous le commun niveau,

Enfouir ses talents dans l'ombre d'un bureau ?

Non, sa disgrâce encor lui laisse une ressource ;

De fortune et d'honneurs il est une autre source ;

Il est pour l'écrivain par le sort maltraité

Un champ toujours fertile et toujours exploité :

Notre littérateur se fera philosophe.

— Tout élève un peu fort n'en a-t-il pas l'étoffe ? —

Si ce beau nom désigne Aristote, Platon,

Malebranche, Leibnitz, Descartes, Fénelon,

Les sublimes penseurs et les vrais moralistes,

Ne l'applique-t-on pas aux plus minces sophistes ?

Il peut conduire à tout sans obliger à rien.

Mais, nouvel embarras, Théophile est chrétien ;

Des leçons d'une mère il se souvient encore,

Grâce à cet amour pur dont un bon fils s'honore.

Que dira ce jeune homme, à l'ombre de la croix,

Qui n'ait pas été dit par de puissantes voix,

Par ces grands écrivains, fiers enfants de l'Eglise,

Qui soutiennent sa cause et portent sa devise ?

Ebloui des splendeurs d'un passé radieux,

Théophile, effrayé, tremble et baisse les yeux

Lorsque, dans une sainte et sublime harmonie,

Il voit tant de vertu joint à tant de génie,

Du nom d'un Chrysostôme au nom d'un Bossuet

Tant de noms éclatants, qui le rendront muet.

Donc, encore une fois, que résoudre, que faire?

Pour s'élever un jour à cette haute sphère

Il sent qu'il lui faudrait du talent, et beaucoup;

On n'est pas aisément Félix ou Dupanloup.

Il se décide alors à prendre une autre route;

Ce chrétien veut douter : bientôt, hélas! il doute;

C'est encore trop peu pour ses tristes efforts;

Il aspire à descendre au rang des esprits forts:

Eh bien! l'apostasie est enfin consommée;

Le voilà libre, il va chercher la renommée

Sans être dans sa course arrêté par la foi,

Il va d'un style pur prêcher une autre loi...

Laquelle? Déserteur du culte héréditaire,

Il aimerait assez l'Eglise de Voltaire;

Mais pour faire du bruit c'est un mauvais moyen,

La place est prise, autant vaudrait rester chrétien.

Va plus loin, cherche encore, ô pauvre âme égarée,

Sans force et sans courage à ton orgueil livrée;

Même pour croire en Dieu tu viens aussi trop tard;

Jean-Jacques par la voix du Prêtre Savoyard

Aux rêveurs comme lui n'a laissé rien à dire.

Le déisme, d'ailleurs, n'est plus ce qu'on admire :

Il faut, fermant les yeux à la clarté du jour,

Arrachant de son cœur la justice et l'amour,

Prêcher ouvertement quelqu'un de ces systèmes

Qui sous des noms divers au fond sont tous les mêmes,

Car ils s'accordent tous sur le point capital :

Nier ce Dieu vivant qui, punissant le mal,

Réserve à la vertu sa juste récompense.

Qu'importe, après cela, ce qu'un sophiste pense?

Qu'importe sous quel titre et par quels arguments

Il veut détruire en nous les plus purs sentiments?

Positiviste, athée, esprit fort, panthéiste,

Disciple de Hégel ou matérialiste,

L'un vaut l'autre : marchant au but qu'ils ont rêvé,

Tous font d'un penseur mort l'égal d'un chien crevé.

Voilà le noble espoir dont leur orgueil se flatte !

C'est là qu'une « analyse exacte et délicate »

Conduit ces fiers docteurs, ces critiques hautains

A la foi de Newton prodiguant leurs dédains !

Aujourd'hui contre Dieu pour tenir la campagne,

Des Français vont chercher leurs chefs en Allemagne

Et d'un Vogt à Paris arborent l'étendard.

Puisque le monde entier n'est qu'un jeu du hasard,

Puisqu'au ciel, suivant eux, nous n'avons pas un juge,

La terreur des méchants et des bons le refuge,

De borner nos désirs qui donc a le pouvoir?

Qui fixera pour nous les règles du devoir?

L'intérêt personnel est toute la morale

Et sans honte en plein jour l'égoïsme s'étale;

Sacrifice, vertu, dévoûment, ces vieux mots

Ne veulent dire au fond qu'aveuglement des sots;

Rien n'est injuste en soi, rien n'est illégitime,

Tout dépend du succès, tant pis pour la victime;

La force fait le droit, le faible a toujours tort,

Le loup peut invoquer la raison du plus fort.

Même pendant la vie ainsi de chute en chute

On nous fera descendre au niveau de la brute,

Et nous allons ramper sous les victorieux

Sans relever nos fronts, sans regarder les cieux.

Pour le libre penseur est-ce assez d'esclavage?

Le voilà désormais , lui , ce prétendu sage,

Des plus cruels tyrans l'insidieux prôneur.

Mais aura-t-il du moins tout gagné , fors l'honneur ?

Eh bien , non ! Théophile avec tant de souplesse

N'a pas atteint le but , rêve de sa jeunesse ,

Objet depuis longtemps de ses calculs profonds ;

La place est prise encor dans ces sombres bas-fonds,

Et de plus grands penseurs , de plus fameux athées

Occupent le public de leurs œuvres vantées.

   Le pauvre homme , surpris de n'arriver à rien ,

S'aperçoit un beau jour qu'il raisonne trop bien :

Devenu franchement professeur d'athéisme,

Il se soumet encore aux lois du syllogisme ,

Reste logique, au moins dans ses conclusions,

Et s'interdit surtout les contradictions ;

Chez lui pas un non-sens, pas un terme équivoque ;

C'est comprendre bien mal l'esprit de notre époque :

Dès longtemps le public aimait l'impiété ,

Rien ne plaît aujourd'hui comme l'absurdité.

Heureux les hommes forts, les écrivains d'élite,

Qui peuvent se vanter de ce double mérite !

*

On les admire, et même ils deviennent parfois

Nos guides dans la vie ou nos faiseurs de lois ;

Aussi, fiers d'attaquer les plus saintes croyances,

Voyez que d'écrivains luttent d'extravagances !

Littérateurs manqués, érudits ennuyeux,

Tous, la plume à la main, s'escrimant de leur mieux,

Dans ces brillants tournois se montrent gens de style.

Pour dire du nouveau la méthode est facile :

On se fait éclectique, on prend de tous côtés

Des mensonges très vieux, d'anciennes vérités ;

On pressure, on essaie, on combine, on mélange,

On obtient tôt ou tard quelque chose d'étrange,

Quelque blasphème heureux qui plaît aux connaisseurs.

Voilà donc ce que c'est que ces libres penseurs !

Leur liberté consiste à chercher sans scrupule

Un système à la fois impie et ridicule,

Car ces messieurs, pensant à faire parler d'eux,

Tâchent de réunir l'absurde et le hideux.

Tous ainsi, pas à pas, cheminent vers la gloire ;

On pourrait en trois mots résumer leur histoire :

Vanité, patience et médiocrité.

C'est là tout le secret de leur célébrité :

L'homme supérieur rougirait de leurs œuvres,

Le sot n'arrive à rien par les mêmes manœuvres ;

Il faut, pour réussir dans la cause du mal,

Un des demi-savants dont se plaignait Pascal.

Certes ces travailleurs ne sont pas sur des roses ;

Ils aimeraient bien mieux trouver de belles choses :

Ce sont des gens d'esprit, mais encore une fois,

Pour atteindre leur but ils n'avaient pas le choix.

Je ne m'occupe ici que des chefs de l'armée,

Des hommes éminents dont la foule est charmée

— Eminent aujourd'hui veut dire très connu,

Et dans ce cas surtout c'est le mot convenu :

On devient éminent dès qu'on fait du scandale. —

Mais pour braver l'Eglise et sa vieille morale

Ils forment des soldats, chaque jour plus nombreux,

Doués d'un cerveau faible et de bras vigoureux,

Aimant à plaisanter, sur la foi de leurs maîtres,

De Dieu, de Jésus-Christ, des dévots et des prêtres.

Ces libres penseurs-là ne pensent pas du tout :

A la philosophie ils se livrent par goût......

Par goût pour ce moyen, si simple et si commode ,

De changer ses devoirs comme on change une mode ;

On se fait à soi-même une règle du bien ,

Qu'on suit avec plaisir tant qu'il n'en coûte rien ;

Puis, vienne un cas pressant où cette règle gêne,

Avec une rature on se tire de peine,

Etant son propre juge et son législateur ,

Et l'on plane toujours à la même hauteur.

Il faut en convenir , ce système a du charme ;

Dieu supprimé , je sais qu'il reste le gendarme ,

Mais on peut l'éviter sans de trop grands efforts :

Il est bien moins gênant que n'était le remords.

Etouffer dans son cœur cette voix importune

Qui, tourmentant jadis au sein de leur fortune

Les fripons enrichis, les vauriens parvenus,

Empoisonnait les biens par le crime obtenus ,

Se sentir vertueux en se livrant au vice ,

Pratiquer sans rougir la fraude et l'injustice,

Dédaigner ces chrétiens , gens à l'esprit étroit,

S'immolant au devoir et respectant le droit ,

Des martyrs et des saints mépriser la sottise ,

Se juger au-dessus des docteurs de l'Eglise,

Dire, vivant très mal : la mort, c'est le sommeil,

Et s'endormir en paix sans craindre le réveil,

N'est-ce pas séduisant pour les esprits malades

Qu'on pousse contre Dieu dans ces tristes croisades,

Esclaves de l'orgueil et de l'ambition

Et cherchant une excuse à leur corruption ?

Théophile à son tour va leur parler en maître :

Pour trouver des lecteurs, pour se faire connaître,

Il prendra désormais le langage et le ton

D'un auteur échappé des murs de Charenton,

D'un ardent écrivain qui, lutteur énergique,

Foule aux pieds toute règle et rit de la logique,

D'un prophète envoyé par lui-même aux mortels

Pour leur porter ses lois et briser les autels.

Il n'admet point de Dieu, mais il n'est plus athée ;

Allez donc maintenant combattre ce Protée :

Quelle forme aura-t-il ? par où le prendrez-vous ?

Quoi que vous puissiez faire, il échappe à vos coups :

Premier point de gagné ; de plus, pour la morale

Il va vous éblouir par des feux de Bengale :

L'âme n'existe pas , c'est une vérité ,

Mais on n'en doit pas moins chérir l'humanité ,

Pratiquer la vertu , défendre la justice ,

De tous ses intérêts faire le sacrifice :

Théophile est d'avis qu'il faut absolument

S'immoler sans espoir et par pur dévoûment.

— Pourquoi, dit-on ? — Pourquoi ! la question m'étonne ,

Eh ! mais tout simplement parce qu'il déraisonne ,

Et quand on le lui prouve, il en est satisfait ,

Car on s'occupe alors de lui , c'est là son fait.

D'un autre philosophe admirant l'*altruisme* ,

En style magistral il flétrit l'égoïsme ,

L'égoïsme chrétien des sœurs de charité :

Elles servent leur Dieu , mais par avidité ,

Comptant qu'il les paîra fort cher dans l'autre monde ;

C'est donc sur un calcul que leur vertu se fonde,

Et les martyrs priant pour leurs persécuteurs

N'étaient tous, suivant lui, que des spéculateurs ,

Coupables en effet d'une usure notoire.

La vertu d'un athée est bien plus méritoire :

Notre docteur la croit un produit du cerveau ;

L'athée est vertueux malgré lui, c'est plus beau :

Il a de la vertu comme il a de la bile ;

Voilà ce qui l'élève aux yeux de Théophile,

D'un si bon naturel sincère admirateur.

Vous lui direz peut-être, à ce profond docteur :

Puisque votre cerveau sécrète l'athéisme,

Le mien, l'amour du Christ et du catholicisme,

L'un des deux, n'est-ce pas, fait mal ses fonctions ?

Eh bien ! pour en juger par leurs sécrétions

C'est le fait général qui doit servir de guide :

Le produit le plus rare est le produit morbide.

Or, notre espèce en masse adore un Créateur,

L'œuvre dans tous les temps a révélé l'Auteur,

Et les gens comme vous, contre Dieu fanatiques,

Sont moins nombreux encor que les épileptiques ;

Donc je crois mon cerveau dans son état normal,

C'est le vôtre, docteur, qui fonctionne mal ;

Vous êtes de nous deux l'infirme ou le malade.

Théophile sourit d'une telle boutade :

« Le genre humain, dit-il, instruit par nos travaux,

» Verra, c'est positif, progresser les cerveaux,

» Car rien n'est impossible à la haute critique :

» Religion , morale , histoire , politique ,

» Mœurs , organisme même , elle règne sur tout ;

» Devant un érudit rien ne reste debout. »

Il poursuit, à ces mots, sa marche triomphante ,

Fier des beaux arguments que son génie enfante.

Théophile a raison , le voilà près du but ,

Et s'il n'est pas encor membre de l'Institut ,

Ses écrits sont vantés , le public les achète.

Il a des ennemis qui l'appellent poëte ,

Et des amis zélés , presque des courtisans ,

De ses doctes travaux exaltés partisans.

Tout le monde s'accorde à célébrer son style ,

Son talent plein de charme et son goût pour l'idylle.

Comme il peint la nature et comme il la comprend !

Comme il la fait aimer au plus indifférent !

Et puis, sans croire en Dieu , sans espoir et sans crainte ,

Brûler d'un feu si pur pour l'humanité sainte ,

Ne pas vivre pour soi quand tout meurt avec nous ,

Quelle aimable vertu , quel cœur sensible et doux !

Théophile , en un mot , heureux de son audace ,

Croyait monter sans peine à la première place,

Lorsqu'un mince érudit dont il ne craignait rien,

De vaincre ses rivaux a trouvé le moyen :

Après avoir longtemps, par de pesants ouvrages,

Des amateurs du genre obtenu les suffrages,

Celui-là tout à coup, dans un discours écrit,

Sous prétexte d'hébreu reniant Jésus-Christ,

A presque fait émeute au Collége de France,

Et depuis ce beau jour, le cœur plein d'espérance,

Comptant sur les sifflets comme sur les bravos,

A juger le Sauveur consacre ses travaux.

Tâchez donc d'obtenir un succès populaire

Avec un peu de grec, d'arabe et de grammaire !

Parlez d'Averroès pour qu'on parle de vous !

Renan sait aujourd'hui se faire un sort plus doux,

Et, des autres penseurs dédaignant la méthode,

Se sert d'une recette encore plus commode,

D'un principe hardi dont il est l'inventeur :

Il parle bien, comme eux, à l'ignorant lecteur,

D'étude, de science et de haute critique ;

Mais il n'a qu'une règle au fond dans la pratique :

Prendre sur tous les points l'inverse du bon sens.

Pour se rendre fameux, pour étonner les gens,

Qu'il s'agisse d'histoire ou de philosophie,

Il applique sa règle, et tout se simplifie :

Quand la raison dit blanc, le critique dit noir ;

Tranchant ainsi sur tout il semble tout savoir,

Et naturellement cette règle féconde,

Employée à juger le Rédempteur du monde,

Produit pour l'écrivain, sans peine et sans effort,

Ce que l'absurdité peut offrir de plus fort.

Soutenir que lui seul comprend les Evangiles,

Et de tous les chrétiens faire des imbéciles,

Injurier saint Jean, s'attendrir sur Judas,

Ne voir de bonne foi que chez les renégats,

Plaider à chaque page et le pour et le contre,

Opposer aux grands faits que l'histoire nous montre

Des suppositions, des récits inventés,

Nous donner ses désirs pour des réalités,

Prétendre que les saints sont des hommes frivoles,

De « la sainte Byblos » vénérer les idoles,

Chercher les inspirés aux Petites-Maisons,

Estimer que Pilate eut de bonnes raisons

Pour livrer aux bourreaux la vertu condamnée,

Tout cela va de soi, la règle étant donnée.

Notre homme à peu de frais étonne son lecteur

Et se coiffe aisément du bonnet de docteur.

Mais après tant d'audace et de piquants blasphèmes,

Il lui restait encor le plus grand des problèmes

Qui troublent le repos d'un pareil écrivain :

Nous expliquer comment, sans un secours divin,

De quelques pêcheurs juifs l'exemple et la parole

Ont pu sauver le monde et changer son symbole.

Or, voici le système inventé par Renan,

Ce qu'on lui fait l'honneur d'appeler son roman,

C'est-à-dire un tableau très fade et très risible

Où du commentateur l'embarras est visible.

Il nous peint, dans les lieux qu'habita Jésus-Christ,

Un peuple singulier, doux et simple d'esprit,

Composé cependant de vrais idéalistes,

De penseurs très profonds, très spiritualistes,

Au mysticisme pur ces bonnes gens livrés,

Faisant, les yeux ouverts, des rêves éthérés,

Sans peine, sans travail, vivant tous fort à l'aise,

Heureux et pleins de calme au sein de la fournaise

Où bouillonnait alors leur pays tout entier.

C'est là qu'un démocrate, un jeune charpentier,

Prêchait tranquillement ses étranges doctrines.

Des enfants le suivaient sur les vertes collines,

Jouissant des beaux jours et de ce ciel d'azur

Dont l'éclat sans pareil inspire un culte pur,

Aimant les merles bleus, les blanches tourterelles

Si vives dans leur vol et pourtant si fidèles,

Les mules dont l'œil noir rayonnant de douceur

Par sa mélancolie étonne le penseur,

Les cigognes à l'air pudique, les tortues

D'une armure d'écaille élégamment vêtues,

Le lac où les poissons, très beaux et très nombreux,

Encombraient les filets des pêcheurs trop heureux,

Les bois où ces rêveurs, nature simple et douce,

Au murmure du vent s'endormaient sur la mousse.

Dans ces lieux, aujourd'hui charmants comme autrefois,

Le maître gracieux, le *rabbi* villageois,

Jésus, — car c'était Lui, lui, le Sauveur du monde, —

Poursuivait au hasard sa course vagabonde.

Ce grand consolateur, ce prophète chéri,

A l'heure du dîner surtout fort attendri,

Aimait à prolonger ces douces promenades

Où sa voix d'un seul mot guérissait les malades,

Où même quelquefois, pour servir ses amis,

Il réveillait des morts dans leur tombe endormis,

Chose très simple au fond, n'en déplaise à l'Eglise,

Car on sait ce que peut une personne exquise

Dont le sourire seul apporte de l'espoir.

Et qui mieux que Jésus possédait ce pouvoir,

Lui qui par son heureux et charmant caractère

Allait changer bientôt la face de la terre

Et nous donner le Dieu qu'on adore aujourd'hui?

Pénétré de tendresse et de respect pour lui,

Notre auteur le proclame un homme incomparable,

Une haute nature, un génie admirable,

Le vainqueur de la mort, l'universel docteur,

Du royaume des cieux sublime fondateur;

Jésus mérite, enfin, son culte populaire,

Et de l'humanité c'est la pierre angulaire.

Renan lui trouve bien quelques petits défauts :

Cet étonnant génie avait l'esprit très faux,

Ce grand consolateur était un homme rude,

S'étant fait du mensonge une longue habitude,

Capricieux, bizarre, exigeant, emporté,

Se trompant sur lui-même et sur l'humanité ;

Cet homme incomparable était un anarchiste,

Rêveur ambitieux, absurde moraliste,

Par des moyens adroits produisant de l'effet.

Mais enfin, comme on dit, personne n'est parfait ;

On n'en reste pas moins une haute nature

Pour un peu de folie et beaucoup d'imposture,

De même qu'à présent l'homme le plus pieux

Est justement celui qui blasphème le mieux.

Tout allait bien, du reste, et la bande joyeuse

Menait, avec le maître, une existence heureuse

Aux frais des auditeurs ou d'amis obligeants.

Voilà pourquoi le monde a vu ces bonnes gens,

Après cette agréable et douce pastorale,

Au prix de tout leur sang propager leur morale,

Celle qui fait encor les saints et les martyrs,

Nous dicte nos devoirs et règle nos désirs,

Celle qui triompha des mœurs du paganisme,

Et, dans le cœur de l'homme étouffant l'égoïsme,

Seule, au nom de Jésus, sait depuis deux mille ans

De la charité pure inspirer les élans.

L'écrivain, cette fois, en fait de ridicule

Atteint, fier conquérant, les colonnes d'Hercule ;

Il y peut à bon droit graver : *nec plus ultrà*,

Personne, assurément, ne le dépassera.

— A moins que le progrès dont parle Théophile,

Rendant à nos cerveaux le non-sens plus facile,

Ne nous ramène un jour à ces temps reculés,

Par notre historien récemment signalés,

Où l'homme, sans prévoir ses futures conquêtes,

Se distinguait à peine encor des autres bêtes. —

Dans l'état actuel de l'humaine raison

Nul ne sait nous ouvrir un si vaste horizon :

De « l'histoire de l'être » explorateur sublime,

Lui seul remplace Dieu par « un ressort intime, »

Sans relâche, au hasard, fabriquant l'univers

Jusqu'à ce qu'un penseur vienne briser nos fers

Et, de ce grand ressort dirigeant la puissance,

Fasse — enfin ! — dans les cieux régner l'intelligence.

Renan sans discuter promulgue ses décrets :

Humblement, à sa voix, pour l'amour du progrès

Nous devons d'Epicure admettre les atomes,

Dont l'éternité passe au rang des axiomes.

« Mon système est, dit-il, facile à concevoir :

» Plus on sait, plus on peut, car savoir c'est pouvoir ;

» Or, jusqu'à ce moment, j'en donne l'assurance,

» Nul être n'a joui de la toute-puissance,

» C'est un fait constaté par moi, c'est évident ;

» Donc, nul être non plus, nul esprit transcendant.

» N'a possédé jamais la science infinie,

» Mais qui peut assigner des bornes au génie,

» A l'incessant travail du temps et du progrès ?

» La nature, un par un, nous livre ses secrets,

» Et pour les recevoir de cette main sacrée

» Nous avons devant nous l'éternelle durée :

» L'homme, un jour, ou quelque être à présent inconnu,

» A notre place, enfin, quelque nouveau venu,

» Trouvant le dernier mot des lois de la matière,

» Régnera tout à coup sur la nature entière

» Et pourra voyager, monarque glorieux,

» Jusque dans les soleils perdus au fond des cieux. »

Ce sera là vraiment le « Dieu scientifique, »

Produit longtemps cherché d'une immense fabrique,

Partageant son pouvoir avec les gens d'esprit,

Et sachant ce que vaut l'œuvre d'un érudit,

Ce qu'on doit de respect à la haute grammaire

— De la toute-puissance élément nécessaire. —

Ne croit-on pas entendre un romancier badin

Promettre à ses lecteurs la lampe d'Aladin ?

Mais le grave esprit fort nous dit cela sans rire,

— Sans rire au moins tout haut du public qui l'admire. —

Comme on le voit, du reste, en fait d'invention

Tenant à se passer d'imagination,

Il en revient toujours à sa règle féconde :

Nous disons, nous chrétiens : c'est Dieu qui fit le monde ;

Il dit, lui, simplement : le monde fera Dieu.

Du dogme retourné, qui lui coûte si peu,

Notre auteur, chose étrange, est le premier apôtre ;

Mais ne fallait-il pas un temps comme le nôtre

Pour qu'on pût croire au Dieu qui se fait en détail,

Pour qu'on se sentît fier d'aider à ce travail?

Difficile entreprise ! œuvre de longue haleine !

Au point où la nature a mis l'espèce humaine,

Même ceux d'entre nous qui s'en tirent le mieux,

Nous avons bien à faire avant de passer dieux !

Et du séjour divin comment trouver l'entrée ?

« Jusqu'à présent, dit-on, l'infini de durée

» N'a rien produit encor qui vaille autant que nous ;

» L'homme a tort de prier, de ployer les genoux :

» Nul être dans les cieux n'a droit à ses hommages,

» Rien n'égale en grandeur les savants et les sages. »

Très bien, mais j'en conclus que ce fameux ressort,

Pour semer des soleils si fécond et si fort,

De ce qui fait les dieux reste toujours avare :

L'intelligence unie à la force est très rare ;

L'homme, sous ce rapport mesquinement traité,

Doit augurer bien mal de sa divinité.

Un si brillant espoir me semble fantastique,

Et jadis, j'en suis sûr, notre illustre critique,

Pour être dieu plus tard exposant ses raisons,

Fût arrivé d'abord aux Petites-Maisons.

On en fait aujourd'hui le juge de l'Eglise ;

Le voilà devenu — toujours par l'analyse —

Le plus ferme soutien de l'incrédulité,

Des modernes penseurs le chef incontesté.

Pour nos grands écrivains des juges très sévères

Du néant avec lui célèbrent les mystères

Et mettent sans façon ce raisonneur brillant

Au-dessus de Pascal et de Chateaubriand ;

Charmés de son génie, épris de son système,

Sur les chrétiens vaincus ils lancent l'anathème :

Du chef-d'œuvre nouveau l'auteur est à leurs yeux

Très docte, très sagace et très religieux :

Il rend même à Jésus un trop pompeux hommage ;

C'est l'unique défaut qu'on trouve à son ouvrage,

Si bien pensé d'ailleurs, si purement écrit.

A ces beaux jugements le public applaudit ;

Un peuple de lecteurs, que la presse fascine,

Reçoit avidement la nouvelle doctrine :

Au fond des ateliers et dans les magasins

Estimant Arius, approuvant les Socins,

Des hommes compétents, très forts sur l'exégèse,

De l'émule de Strauss adoptent l'hypothèse.

« Quel penseur, disent-ils, et quel historien !

» Lui seul a résolu le problème chrétien.

» Aimons Dieu, ce vieux mot qu'adoraient nos ancêtres,

» Et vive un culte pur sans dogmes et sans prêtres ! »

Devant tant de folie et de présomption,

Cherchant à comprimer son indignation,

Le poëte un moment s'efforce de sourire ;

S'il parlait d'un ton grave, il aurait trop à dire.

Pour les mœurs des Français et pour leurs sentiments

Quel doit être le fruit de tels enseignements,

De tant de passions sans relâche excitées ?

Tous les siècles ont vu quelques rares athées,

Excusables peut-être au temps où l'univers

Faisait fumer l'encens devant des dieux pervers ;

Mais un fait inconnu même du paganisme,

C'est le bruyant succès des prêcheurs d'athéisme,

C'est de les voir vantés pour d'absurdes écrits

Qui jadis inspiraient l'horreur ou le mépris

Et qui vont maintenant par milliers d'exemplaires

Infecter de poison les foyers populaires.

Ce spectacle nouveau, qu'on appelle un progrès,

Ne cause à bien des gens ni craintes ni regrets :

« Qu'importe, nous dit-on ? l'Eglise est immortelle

» Et les efforts du mal se briseront contre elle. »

Mais se briseront-ils contre nos passions ?

Les peuples ont aussi leurs obligations :

Si Dieu dans sa bonté les a faits guérissables,

Du mépris de ses dons il les rend responsables,

Et quand des insensés ne veulent pas guérir,

En se retirant d'eux il les laisse mourir.

Du pays abusé perfides mandataires,

Autrefois parmi nous des hommes sanguinaires,

Traînant à l'échafaud le plus doux de nos rois,

Sur les débris du trône abattirent la croix,

Et la France, au milieu d'horribles saturnales,

Honte inconnue encore à ses vieilles annales,

Perdant toute sagesse et toute dignité,

Courba sous la Terreur son front ensanglanté.

On dépasse à présent Robespierre lui-même,

Qui, pour la foule au moins, gardait l'Etre Suprême :

Les modernes flatteurs du peuple souverain,

Dans leur aveuglement brisant ce dernier frein,

Font haïr toute règle aux masses qu'ils égarent.

Justement alarmés des maux qu'ils nous préparent,

Sur des périls si grands ouvrirons-nous les yeux,

Ou, dans ces vains efforts tentés contre les cieux,

Dociles à la voix d'écrivains en démence,

Lasserons-nous encor la suprême clémence,

Et, comme les Hébreux oubliant leur devoir,

Aurons-nous donc aussi des yeux pour ne pas voir ?

Treize siècles entiers, la France de nos pères,

Aux jours de ses malheurs comme en ses jours prospères

Demandant à la croix ses inspirations,

Garda le premier rang parmi les nations,

Prête à verser partout son sang pour la justice,

Fière de se montrer dans cette noble lice

La fille de l'Eglise et le soldat de Dieu.

Notre patrie encor, brûlant du même feu,

De saints et de héros mère toujours féconde,

Aux clartés de la foi peut régner sur le monde ;

Verra-t-elle ses fils, éteignant ce flambeau,

De toutes ses grandeurs préparer le tombeau,

Et la secte aujourd'hui si follement vantée

Du peuple très chrétien faire le peuple athée?